ムーミン谷の
名言シリーズ
①

NUUSKA-
MUIKKUNEN

スナフキンのことば

絵とことば トーベ・ヤンソン

講談社

自由と孤独を愛する旅人、スナフキン。

いつだって、自然が奏でるしらべを探しながら、

気ままに新しい小道を歩いています。

ものを持つことに興味がなく、注意書きの立てふだがなによりきらい。

よくまわりを見ていますが、その場の空気に流されることはありません。

それはきっと、ほんとうにたいせつなことを知っているから。

スナフキンのさりげないやさしさと知恵は、

今日もわたしたちにいろいろなことを気づかせてくれます——。

スナフキンが
教えてくれること

NUUSKAMUIKKUNEN OM
スナフキンの魅力

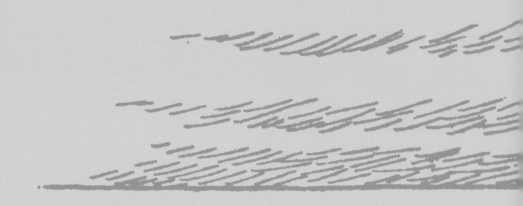

大きな影が、谷間にしのびよってきました。また、雨がふるのです。
と、スナフキンが橋をわたってくるのが見えました。そうです、スナフキンです。
あんなにこい緑色の服を着たひとなんて、ほかにいませんからね。
スナフキンはライラックのしげみのわきで立ち止まって、
しばらくながめていました。
それから、こちらへ近づいてきました。
こんどはそれまでとちがって、とてもゆっくりやってきます。
『ムーミン谷の十一月』

RAUHAA RAKASTAVA

「よう！　もやいづなをこっちへ投げろよ。
きみたち、コーヒーを少しいかだにのせていないか？」
「缶にいっぱい持ってるさ！　砂糖もあるぞ。ぼくはスニフ、
千キロ以上も遠くから来たんだよ。とちゅうは、おおかたぼくが
舵をとってきたのさ。ぼくはね、うちにひみつのものを持っているんだ。
『ね』ではじまって『こ』でおわるものさ！　この友だちは、ムーミントロール。
この子のパパは、自分で家を建てたんだぜ」
スニフがはしゃいで、さけびました。
「ふうん、そうかい。ぼくはスナフキンというんだ」
といって、そのムムリクはふたりをじっと見ました。
彼はテントの外で小さな火をおこして、コーヒーをわかしました。
『ムーミン谷の彗星』(初登場シーン)

スナフキンは落ちついていて、なんでもよく知っています。
けれども、自分の知識をひけらかすようなことはしません。
スナフキンから旅の話を聞かせてもらえると、
だれでも自分もひみつの同盟に入れてもらったような気がして、
得意に思うのでした。
最初の雪がふると、ムーミントロールはほかのみんなといっしょに、
いつも冬眠に入ります。ところが、スナフキンは南のほうへ出かけていって、
春になるとまっさきにムーミン谷へもどってくるのです。
『ムーミン谷の夏まつり』

スナフキンにどんな手紙を書けばいいのか知っているのは、
ムーミントロールだけでした。あっさりと短く。
約束するだの、恋しいだの、かなしいだのということは、いっさい、
これっぽっちも書きません。
そして最後は、げらげら笑いだすようなことで結ぶんです。
『ムーミン谷の十一月』

「彗星って、なんなの？」
「なんだ、知らないのかい？　きみたち、危険な星を観測しに行くんだろ？
彗星というのはね、ひとりぼっちの星で、正気を失ってるのさ。
それで、燃えるしっぽを引きずりながら宇宙を転げ回ってるんだ。
ほかの星はみんな、ちゃんとした軌道を回ってるけど、彗星というやつは、
どこへでもあらわれるのさ。ここへもな」
「そしたら、どうなるの……？」
スニフは、かすれた声でいいました。
「そりゃあ、たいへんさ。地球が、こなごなになっちまうな」
「きみは、そんなことをぜんぶ、どうして知ってるんだい？」
ムーミントロールがせきこんで聞くと、スナフキンは、肩をすくめました。
「うわさ話で聞いたのさ。コーヒーのおかわりは？」
『ムーミン谷の彗星』

「このズボンはやっぱり、ここでもっと古くしたほうがいいと思います。
ぼくにはぴったりこなかったので」
「それは残念だこと。でも、ぼうしはあたらしいのがいるでしょ」
スナフキンは緑色の古ぼうしをいっそう深くかぶり、
おびえたようにおばあさんにいいました。
「ありがとう。でも、今も考えたんだけど、持ち物をふやすというのは、
ほんとにおそろしいことですね」
『ムーミン谷の彗星』

「ヘムルっていうのは、どうしていつも、仕切りたがるのかしらね！」
と、フィリフヨンカはさけびました。
（なんだ、皿洗いか）
と、スナフキンは思いました。
（このふたりときたら、なんにもわかっちゃいないんだな。
皿洗いなんて、ただ小川の中にお皿をつっこんでばしゃばしゃやって、
手もすすいで、ふいたあとの緑色の葉っぱを、ぽいとすてればいいだけじゃないか。
なんてことないのに、このふたりはいったい、なんの話をしているんだろう？）
『ムーミン谷の十一月』

スニフが、きっぱりといったのです。
「ぼくは今、食べものに対する自然な感覚をばっちり持ってるよ。
どうして、こんなに長いこと、なにも食べずにいるの？」
「そりゃ、食べものがなくなったからさ。ジュースでも飲んで、
たのしいことを考えながら、がまんするんだな」
スナフキンは返事しました。
『ムーミン谷の彗星』

「さあさあ、みんな、ママのところへお帰り！」
スナフキンがいうと、ちびのミイがつぶやきました。
「きっとこの子たちは、ママがいないのよ」
スナフキンは、こわくなってしまいました。
「なにしろぼくは、子どもなんて、ぜんぜんなれてないからなあ！
この子たちのことが好きかどうかも、ぼくにはわかんないよ！」
「でも、この子たちのほうは、あんたが好きなのよ」
ちびのミイは、にやにやしています。
スナフキンは、あこがれのまなざしでだまったまま足元にまとわりついてくる
子どもたちの一団を、じっと見つめました。
「どうも、こいつら、まだなにか安心してないみたいだな。まあいいや。
じゃ、いっしょにおいで。だけど、こまったことになっても、ぼくは知らないぜ」
『ムーミン谷の夏まつり』

小さなスニフは、大声をあげて泣きだしました。
「ぼくはもう、うんざりしちゃったよう。
きみらにも、こんな旅にも、きみらの彗星にも！」
「よしよし。でも、冒険物語じゃ、かならず助かることになっているんだよ。
まあちょっと、上を見てみなよ」
と、スナフキンがなだめました。
『ムーミン谷の彗星』

スノークのおじょうさんは、泣くのをやめて、体を起こしました。
「ごらんよ、お日さまだ」
と、スナフキンがいいました。
さっぱりと洗いたてのような太陽が、海からのぼってきました。
雨上がりの島は、どこもきらきら輝いています。
「さあ、朝の歌を吹くよ」
スナフキンがハーモニカを取り出すと、みんなで思いきり歌いました。
『たのしいムーミン一家』

NUUSKAMUIKKUNEN ON LUOVA

自分だけの才能

スナフキンのおかげで、旅はたいへんたのしいものになりました。
初めて耳にするようなメロディを聞かせてくれたり、
カード遊びや魚つりを教えてくれたりしました。
手に汗をにぎる、とほうもない話もしてくれました。
『ムーミン谷の彗星』

スナフキンは、作曲をしたくなりました。
でも、作曲したくてどうにもたまらなくなるまで、じっとこらえることにしました。
ある日の夕方、スナフキンはリュックの底にしまいこんであった
ハーモニカを取り出しました。八月の間にムーミン谷のどこかで、
すばらしい曲になることまちがいなしの、出だしの五小節がひらめいたのです。
そのしらべはまるで、解き放たれたようにスナフキンの頭の中にすらすらと、
ひとりでにうかんできました。
『ムーミン谷の十一月』

この歌は、スナフキンがぼうしの下で、
もう何日もあたためてきたものでした。
でも、まだ外へ取り出す気にはなれなかったのです。
むくむくとふくらんで、すっかりしあわせなものになるまで、
待たなくてはいけませんからね。そうなったら、ただもう、
ハーモニカにくちびるをあてがえばいいのです。
すべての音が、ぴったりの場所に、
それぞれ飛び出してくるはずです。
それなのに、もし早めに出してしまったら、
歌はとちゅうで引っかかって、半分しかいいものになりません。
でなければ、気持ちが乗らなくなって、
ちゃんとつかまえられなくなってしまうかもしれません。
歌というのは、なかなか気むずかしいものなんです。
とりわけ、それがたのしくて、
同時にかなしいものでなくてはならないときには、ね。
『ムーミン谷の仲間たち』

スニフはだまってとなりにすわると、
やりきれない気持ちで川の中を見つめました。
「やあ、ちょうどいいところに来たね。
ぼくはここにすわって、
きみがおもしろがりそうな話を考えていたんだぜ」
と、スナフキンは話しかけました。
『ムーミン谷の仲間たち』

スナフキンがランプに火をつけながら、こんなことをいいだしました。
「なにかこわい話を聞きたくないかい？」
「どれくらいこわいのかね」
ヘムレンさんが聞くと、
スナフキンは両手をありったけ広げながらいいました。
「このくらいですよ。やめておきます？」
『たのしいムーミン一家』

そこでスナフキンはハーモニカを出して、冒険の歌を吹きはじめたのです。
並の冒険じゃなくて、とてつもない大冒険をうたった歌でした。
助かって、人々がどよめくところはくりかえしました。
『ムーミン谷の彗星』

「じゃあな。ねえ、ところでさ。
きみの名まえのことだけど、ティーティ・ウーっていうのはどうだろう。
ティーティ・ウーっていうのはね、たのしそうにはじまって、
とてもせつなくおわるんだ」
『ムーミン谷の仲間たち』

「劇場へ行くのが、うれしくないの？」
いちばん小さな子が、スナフキンのズボンに鼻をすりよせて、たずねました。
「ものすごく、うれしいさ。ほら、くすぐったいぞ」
と、スナフキンはいって、
「それじゃ、みんな、きれいにしよう。うん、なんとか今よりきれいにだな。
おまえたち、ハンカチを持ってるかい？ これは、かわいそうなお話の劇なんだよ」
ハンカチを持っている子はいませんでした。
「まあいいや。下着とかで、涙をふけばいいさ。
それともなにか、今持ってるものでね」
『ムーミン谷の夏まつり』

「コーヒーポットは、いかだの上へ置いてきてしまったよ」
ムーミントロールはコーヒーが大好きなので、
スナフキンのことばを聞くなり、割れ目のところへかけよって、
下をのぞきこみました。
「いかだが、なくなっちゃったぞ！
コーヒーポットは地の底へ落ちてしまったんだ。
コーヒーなしで、どうしたらいいんだ！」
ムーミントロールがさけぶと、
スナフキンがいいました。
「パンケーキを食べるのさ」
『ムーミン谷の彗星』

スナフキンは耳をすまして、じっと待ちました。
（おや、あの五小節が出てこないぞ）
でも、心配はしませんでした。
メロディたちとのつきあいかたを、
よくわかっていましたからね。
『ムーミン谷の十一月』

「あたい、また眠くなっちゃったわ。ポケットの中が、
いつもいちばんよく眠れるの」
「そうかい。大切なのは、自分のしたいことがなにかを、
わかってるってことだよ」
スナフキンはそういって、ちびのミイをポケットの中へ
入れてやりました。
『ムーミン谷の夏まつり』

今晩はきっとだいじょうぶ、とスナフキンは感じていました。
しらべは、もうほとんどできあがって、そこに待っていました。
しかも、今まで作ったどの歌よりも、すばらしいものになりそうでした。
そしてムーミン谷についたら、あの橋の手すりに腰かけて、
できあがった曲を吹くのです。
きっとムーミントロールが、すぐさまいうことでしょう。
「いい歌だねえ、ほんとにいい歌だねえ」って。
『ムーミン谷の仲間たち』

NUUSKAMUIKKUNEN ON LUONNON YSTÄVÄ

大自然と共に

スナフキンは落ちついて、足音をしのばせながら歩いていきました。
まわりはすっぽりと、森につつまれました。
雨がふりだしました。スナフキンの緑色のぼうしにも、
ぼうしとおそろいの緑色のレインコートにも、雨が落ちてきました。
さらさら、しとしとと、雨の音があたり一面に広がっていきました。
森にかくれたスナフキンは、なごやかでとっておきの孤独を感じていました。

『ムーミン谷の十一月』

スナフキンは両手で頭を抱え、こうさけんだのです。
「あの美しい海が……どこにもない。船遊びも、水泳も、魚つりも、もうできない。
月がすがたをうつすこともないし、この砂浜に、もう波は打ちよせないんだ。
浜辺が浜辺じゃなくなった。なにもかも変わってしまったんだ」
ムーミントロールが、スナフキンのそばに腰かけていいました。
「きっとまた、もどってくるよ。彗星が行ってしまったら、
みんな帰ってくるよ。そう思わない？」
でもスナフキンは、返事をしませんでした。
『ムーミン谷の彗星』

わけなくつかまえられるような曲なら、いくらでもあります。
ふんだんに、つぎつぎとわいてきます。
でもスナフキンは、そういう曲は目の前に来てもつかまえないで、
勝手気ままに飛んでいかせました。
そういうのは、だれにでもつかまえられる、夏の歌ですものね。
スナフキンは、テントの中へ入ると、寝ぶくろにもぐりこみました。
頭の上まで引っぱり上げて、すっぽりとくるまりました。
雨や水の流れるかすかな音が、あいかわらず聞こえてきます。
孤独で完璧で、やさしいしらべでした。
『ムーミン谷の十一月』

スナフキンはぬれたこけの中に立ち止まって、耳をかたむけました。
（ぼくの歌には、小川の音も入れなくちゃいけないな。
そうだ、くりかえしで使おう）
そう思ったとたん、流れをせき止めていた石がくずれて、
小川のしらべが一オクターブ高くなりました。
「わるくないぞ。こんな感じだ。流れのとちゅうでの、急な変化。
ぼくはこの小川に、小川そのものの音楽を見つけてやらなくちゃ」
『ムーミン谷の仲間たち』

スナフキンは春の歌を吹きおえると、
ハーモニカをポケットにつっこんで、いいました。
「スニフは、もう目がさめたかな」
「まだじゃないの。あいつはいつも、みんなより一週間は長く寝てるもの」
ムーミントロールは答えました。
「それなら、起こしてやろう」
スナフキンは、ぴょいと手すりから飛び下りました。
「今日はいいお天気になるらしいから、とっておきのことをしなくちゃね」
『たのしいムーミン一家』

「あんまりだれかを崇拝すると、本物の自由はえられないんだぜ。
そういうものなのさ」
だしぬけにスナフキンがいいました。
『ムーミン谷の仲間たち』

「あんたはなんでも知ってるんですよね」
こういいながら、はい虫はもっと近づいてきました。
「あんたは、あらゆることを見てきたんだもの。
いうことは、なんでも正しいし、ぼくはいつでも、
あんたみたいに自由になろうとしてきたんです。……それできっと今、
ムーミン谷へ帰るとちゅうでしょ──あそこで休んで、友だちに会うんでしょ。
はりねずみがいってたんだけれど、ムーミントロールは冬眠から覚めたとたんに、
あんたに会いたくて会いたくて、たまらなくなるんだってね。
だれかに思われて、ずっとずっと待っててもらえるのは、うれしいだろうなあ」
「気が向けば、帰るさ。もしかしたら帰らないで、
べつのとこへ行くかもしれない」
スナフキンは、あらっぽく答えました。
『ムーミン谷の仲間たち』

それからみんな集まって、竹馬で歩く練習をしました。
スナフキンが、前へ進んだり後ろへ下がったりして、
みんなに歩き方を見せてから、声を張りあげました。
「大またに歩くんだ。あわてずに、落ちついて。
頭で考えないで感覚をつかんで！ 下は見るな。
下を向くとバランスをくずすぞ」
「ぼく、めまいがする。げろが出ちゃう！」
わめくスニフにスナフキンがいいました。
「よく聞けよ、スニフ。
海の底には、宝箱が沈んでいるかもしれないぞ」
それを聞くと、スニフの気分のわるさは、
たちまちふっ飛びました。
『ムーミン谷の彗星』

（モランみたいなのや、警官だって、たくさんいるし。

深い谷底に、転げ落ちることもあるし、こごえ死ぬことも、空へ吹き飛ばされることも、

海へ落ちることも、のどに骨がつきささることも……、ほかにもいっぱいあるぞ。

広い世の中って、おそろしいよ。顔見知りもいない、ひとりぼっち。

みんななにを考え、なにをおそれているのかわからない。

今、スナフキンはそんな中を歩いてるんだ。あの緑色の古ぼけたぼうしをかぶって）

ムーミントロールは橋のところで立ち止まり、しょんぼりした顔で

じっと水の流れを見下ろしました。

『ムーミン谷の夏まつり』

「ぼく、もう二度と水の深い場所で泳ぐ気がしないな。
下がこうなっているんじゃ」
スニフは身ぶるいすると、深い割れ目の中をのぞきこみました。
そこにはまだ水が残っていて、
得体の知れないものたちがうごめいているのでした。
スナフキンがいいました。
「しかし、美しいよ。こわくて、美しいよ。
それに、今までだれもここへ来たことがないって考えるとさ……」
『ムーミン谷の彗星』

「ぼくが岬へ行って、天気がどんなだか見てくるよ」
こういって、スナフキンはぼうしをしっかりと耳までかぶると、
出かけていきました。たったひとりで、わくわくしながら足取り軽く、
岬のいちばん外れまで行くと、大きな岩にもたれかかりました。
海の表情は、すっかり変わっていました。
どんよりとした緑色をして、白い波頭を立てています。
海の中の岩は、まるでリンのように黄色く光っていました。
おごそかに鳴りとどろきつつ、南からかみなり雲が近づいてきます。
そうして海の上にまっ黒い帆を広げ、空の半分をおおうと、
不気味な稲光をしきりにきらめかしました。
（嵐のやつ、まっすぐに島をめがけてくるぞ）
スナフキンは、興奮してきました。
海の向こうから大嵐がやってくるのを、目の当たりにしたのです。
『たのしいムーミン一家』

「ちょっと待って。ぼくのパパは、あのミムラが好きだったの？」
と、スナフキンがいいました。
「好きだったともさ。わたしのおぼえているかぎりでは、
ふたりはいつもいっしょにかけまわったり、
声を合わせて笑ったりしていたよ」
と、ムーミンパパが答えました。
「じゃあ、パパはぼくよりも、
あの人が好きだったの？」
スナフキンは聞きました。
「だけど、おまえさんは、
まだ生まれてなかったじゃないか」
『ムーミンパパの思い出』

29

スニフは感激して、大声をあげました。
「子どものいるハゲワシ、すごいなあ。それから、大トカゲ。
地球の底まで落ちる滝！　ぼくみたいに小さな動物には、
すごい冒険がありすぎる旅だよ！」
「まだ、いちばん大きな冒険が残ってるぞ。彗星さ」
と、ムーミントロールがいいました。
「青空が見えればなあ」
スナフキンは、
ハゲワシが残していった羽根を一本ひろって、
ぼうしにさしこみました。
「さあ、行こうぜ」
『ムーミン谷の彗星』

とても遠くのほうでは、スナフキンがひとりで
ぶらついていました。波がよせてくるぎりぎりの瞬間まで待って、
波がブーツをかすめたら、さっと飛びのく。
そして、笑ってやるのです。
波のやつ、どうだ、くやしいだろうってね。
『たのしいムーミン一家』

「きみたちは、どっちのほうに住んでるんだい？
もう、まっすぐに歩いていかないと、彗星が来るまでに間にあわなくなるぞ」
スナフキンに聞かれて、ムーミントロールはコンパスを見ました。
「これは、へんだぞ。針がくるくる回ってばかりいる。
コンパスって彗星をこわがると思う？」
「もしかしたらね。ぼくたちは、本能にしたがって歩くのがいいんだ。
ぼくは、コンパスなんか信用したことがないね。
方角に対する自然な感覚を、おかしくするだけさ」
『ムーミン谷の彗星』

スナフキンは、テントの中に閉じこもりました。
テントの色は夏を思わせるような緑色で、テントの中にいると、
外は明るい日の光がふりそそいでいるような気持ちになれるのでした。
『ムーミン谷の十一月』

「ぼくらの地球は、ほろびなかったんだ。
彗星は、しっぽをかすっただけだと思うな」
「つまり、ぜんぶちゃんと残ってるってこと？」
ムーミントロールは、信じられないようすです。
「あれを見ろよ。海だ」
スナフキンがパイプでさしたはるかかなたの地平線に、
かすかに光を放って、なにか命あるものが動いているのを
見つけたのです。
「ほら、海が帰ってきたんだ」
と、スナフキンはいいました。
『ムーミン谷の彗星』

NUUSKAMUIKKUNEN ON VIISAS

スナフキンの知恵

テントの中では、スナフキンが木のスプーンを作っています。
いや、なんにもしていないのかもしれません。ただ、だまってすわっていて、
それでいて、だれよりももの知りなんです。スナフキンのいうことは、
なんでもすてきに聞こえるし、ほんとうだという気がします。
でもあとでホムサがひとりになってみると、スナフキンがいっていたことの意味が
わからなくなっているのですが、はずかしすぎて、引き返して聞くことができません。
それに聞きにいっても、答えてくれないこともあります。
『ムーミン谷の十一月』

みんなは身をのりだして、のぞきこみました。
数知れぬほどたくさんの赤いガーネットが、
せまい谷間のほの暗い光の中に輝いています。
まるで黒い宇宙にちらばった、いくつもの彗星のように……。
「あれぜんぶ、きみのものなの？」
スニフが小声でたずねると、スナフキンは関心なさそうに答えました。
「ぼくがここに住んでる間はね。
自分できれいだと思うものは、なんでもぼくのものさ。
その気になれば、世界中でもな」
『ムーミン谷の彗星』

外にはきれいな緑色のシダの中に、白い星みたいなハコベラが、
花のじゅうたんのように広がっていました。けれども、スナフキンは、
（あれが、かぶの畑だったらいいのになあ）
と考えて、胸がしめつけられるのでした。
（父親ともなれば、こんなふうになってしまうんだなあ。
今日は、この子たちになにを食べさせたものだろう？
ちびのミイは、豆が少しあればそれでいいけれど、
こいつらは、ぼくのリュックサックをからっぽにしちゃうぞ！）
スナフキンは後ろをふり返ると、
コケの上で眠っている森の子どもたちの顔を、
しみじみとながめました。
『ムーミン谷の夏まつり』

「ぼくは、あたらしいズボンが、一つあったらいいんだけど。
あたらしすぎちゃ、だめなんです。
でないと、ぼくの形になじまなくて、落ちつけないんで」
スナフキンはいいました。
「ああ、それなら」
おばあさんははしごを上り、屋根裏から
ズボンを一本、引っぱり下ろしました。
スナフキンは、心配そうに聞きました。
「それは、すごくあたらしそうだね。
もっと古いのはありませんか」
『ムーミン谷の彗星』

「家族ってものは、やっかいだったりするよねえ」
ムーミントロールのことばに、スナフキンはパイプをくわえたまま、
そうだねと答えました。
ふたりは男の友情で深くむすばれて、しばらくだまってすわっていました。
『ムーミン谷の仲間たち』

出ていくホムサの背中に向かって、スナフキンが大きな声で呼びかけました。
「あんまりおおげさに考えないようにしろよ。なんでも、大きくしすぎちゃ、だめだぜ」
『ムーミン谷の十一月』

「なにかこわいことでもあったのかい？」
「ムーミン一家は、もう、いなくなっちゃったんだ。
ぼく、だまされたんだ」
と、ホムサは答えました。
「ぼくはちがうと思うな。
ちょっと、のんびりしにいっただけじゃないかな」
スナフキンは水筒を出して、マグカップ二つに、
紅茶をなみなみとつぎました。
「そこに、お砂糖があるよ。みんな、そのうち帰ってくるよ」
『ムーミン谷の十一月』

ボートが葦の生えている水ぎわへすべりこんだとき、
満月がのぼりました。
「さあ、ぼくがこれからいうことを、よく聞くんだよ」
「うん」
ムーミントロールは、返事しました。
冒険したい気持ちが、体中にわきたちます。
スナフキンがいいました。
「きみは、みんなのところへもどって、ムーミン谷へ帰りたいひとを、
全員つれておいでよ。家具は、持ってこさせないようにね。
とちゅうで、ぐずぐずしないようにな。こわがらなくていいよ、
六月の夜は、おそろしくないんだ」
『ムーミン谷の夏まつり』

ムーミントロールは首をかしげて、つぶやきました。
「ぼくたちが、特別に勇敢ってわけじゃないと思うよ。
ただ、彗星になれてしまっただけなんだ。もう、知りあいみたいだもん。
あいつのことを知ったのは、ぼくたちが最初だ。
しかも、どんどん大きくなるのを見てきたんだ。
彗星って、ひとりぼっちでほんとにさびしいだろうなあ……」
「うん、そうだよ。人間も、みんなにこわがられるようになると、
　あんなふうにひとりになってしまうのさ」
スナフキンがいいました。
『ムーミン谷の彗星』

「みなさんの持ち物リストがほしいですね。
好きでたまらないものには星を三つ、ふつうに好きなものには星二つ、
なくてもくらせるだろうと思うものには星を一つつけてください」
「ぼくのリストはすぐにできるよ。ハーモニカに星三つさ！」
スナフキンは、そういって笑いました。
『ムーミン谷の彗星』

ヘムレンさんは、しめった砂の中に鼻をつっこんで、なげきました。
「これじゃあ、あんまりだ。どうしてなんの罪もないまずしい植物学者が、
平和な一生を送れないんだろうか」
「生きるってことは、平和じゃないんですよ」
スナフキンは、たのしそうにいいました。
『たのしいムーミン一家』

スナフキンは、朝は早起きしようと心に決めていました。
そうすれば、ほんのひとときでも、ひとりきりですごせるからです。
たき火はもうとっくに消えていましたが、寒さなんて感じませんでした。
かんたんですが、ちょっと変わった方法で、
自分の体温が逃げないようにできるのです。じっと横になって、ちぢこまって、
夢を見ないように気をつければいいのです。
『ムーミン谷の十一月』

「今日はなにするの、っていってたよね？　きみはなにか考えてることがあるの？」
すると、スナフキンはこういったのです。
「うん、計画はあるにはあるよ。
でも、ぼくがひとりっきりでやることなんだ。わかるだろ」
ムーミントロールは、長いことスナフキンを見つめていましたが、
やがて口を開きました。
「きみは、ここを出ていくつもりなんだね」
スナフキンは、こっくりしました。
『たのしいムーミン一家』

NUUSKAMUIKKUNEN ON VAPAUDENKAIPUINEN

自由！自由！

「これでまた一つ、家具がふえたわけだね」
にやにやしながら、スナフキンがいいました。
どうしてみんながやたらに持ちものをほしがるのか、よくわからなかったのです。
スナフキンときたら、服なんて生まれたときから着ている古ぼけたもので
満ちたりていましたし、ぜったい手放さない大切な持ちものといえば、
たった一つ、ハーモニカだけでしたからね。
『たのしいムーミン一家』

「ガーネットが……ぼく、一つも取ってこられなかったよ」
スナフキンはスニフのそばに腰を下ろして、やさしくいい聞かせました。
「そうだな。なんでも自分のものにして、持って帰ろうとすると、
むずかしくなっちゃうんだよ。ぼくは見るだけにしてるんだ。
そして立ち去るときには、頭の中へしまっておく。
ぼくはそれで、かばんを持ち歩くよりも、ずっとたのしいね」
『ムーミン谷の彗星』

みんなは夜通し、歩きに歩いたのです。スニフがぐずぐずいいだしました。
「くたびれたよう。つかれちゃったよう。
もう、このテント運びを、かわってよ。パンケーキ用フライパンもさ」
すると、スナフキンが答えました。
「それはいいテントだが、ものに執着せぬようにしなきゃな。
すててしまえよ。パンケーキ・フライパンも。
ぼくたちには、用のなくなった道具だもの」
「本気なの？ 谷底へすてるの？」
スニフがびっくりして聞くと、スナフキンはうなずきました。
『ムーミン谷の彗星』

またかみなりが鳴りました。こんどはすぐ近くです。
スナフキンはフィリフヨンカの顔を見て、にやりとしました。
「まあ、とにかく、かみなりはやってくるだろうね」
海からわきおこった、すごいかみなりがほんとうにやってきました。
『ムーミン谷の十一月』

「さあ、これから立てふだを、ぜんぶむしりとってやろう。
もう、草だって好きなだけのびていいんだぞ！」
スナフキンは、自分のしたいことをぜんぶ禁止している立てふだを、
残らず引きぬいてしまいたいと、これまでずっと思いつづけてきました。
ですから、（さあ、今こそ！）と考えただけでも、身ぶるいがするのでした。
まず、『たばこを吸うべからず』のふだから始めました。
つぎには、『草の上にすわるべからず』をやっつけました。
それから、『笑うべからず、口笛を吹くべからず』に飛びかかり、
つづいて、『両足で飛びはねるべからず』を、ずたずたにふみつけました。
小さい森の子どもたちは、ただただあっけにとられたまま、
スナフキンを見つめていました。
『ムーミン谷の夏まつり』

44

「今年は、スナフキンの帰りがおそいわね」
スノークのおじょうさんが話をもちだすと、
ミムラねえさんもいいました。
「もう帰ってこないのかもしれないわね」
つづけて、ちびのミイもわめき立てました。
「きっと、モランに食べられちゃったんだ！
でなけりゃ、穴に落っこちて、
ぺしゃんこになってるんだわ！」
するとムーミンママが、いそいでいいましたっけ。
「おだまり、おだまり！
スナフキンは、いつもじょうずに切りぬけるでしょ」
『ムーミン谷の夏まつり』

「これじゃあ、子どもたちは雨でかぜをひいてしまうな。
でもそれどころじゃないぞ。あの子たちをたのしませるものなんて、
もうなんにも思いつかないよ。みんな、たばこなんて吸わないし、
ぼくの話は、こわがるしなあ。そうかといって一日中、
逆立ちしてやってるひまはないし」
『ムーミン谷の夏まつり』

こけの中で足を止めたスナフキンに、ふと不安がよぎりました。
そうです。あこがれて、待ちつづけているムーミントロールのことが
気になったのです。ムーミントロールは家で、
スナフキンが来るのを待ちこがれ、スナフキンを崇拝しているのです。
それでいて、いつもいうのでした。
「もちろんきみは、自由でなくちゃね。
だからきみがここを出ていくのは、とうぜんだよ。
ときどき、どうしてもひとりになりたいっていうきみの気持ちを、
ぼくはもちろんわかるんだ」
そのくせ、そういうムーミントロールの目は、
絶望でまっ暗になり、だれがどうなぐさめてもだめなんです。
「ああ、もうほんとうにさ！」
スナフキンはつぶやいて、また歩きつづけました。
『ムーミン谷の仲間たち』

ムーミントロールは、かなしくなりました。
「おかしいなあ。
ぼくは、あのひとたちをたいてい知ってるし、
会うのはひさしぶりだし、
今、話したいことがいっぱいあるのに」
「みんな、おびえているのさ」
スナフキンが口を開きました。
『ムーミン谷の彗星』

「ぼくは、あいつを見たんだぜ」
こういいながら、スナフキンはパイプに火をつけました。
「ニョロニョロの島で、飛行おにがやつのヒョウに乗っているところを、
ぼくはこの目で見たよ。かみなりの中、空を飛んでいくすがたをね」
「でもそんなこと、ひとこともいわなかったじゃないか」
ムーミントロールが大声をあげると、スナフキンはうで組みしていいました。
「ぼくはひみつが好きでね」
『たのしいムーミン一家』

スナフキンは、まだ帰ってきていませんでした。
こんな夜はハーモニカを手に、ひとりでそこらをぶらつくのです。
でも今夜は、歌も聞こえてきません。
(きっとスナフキンは、探検に出かけたんだ。
そろそろ家の中で寝るのはごめんだといって、
川岸にテントを張るんだろうな)
ムーミントロールは、わけもわからずかなしくなって、
ため息をつきました。
『たのしいムーミン一家』

ヘムレンさんは、ほっと息をつきました。
「わしは二度と、ニョロニョロなんぞ一ぴきたりとも、
見たいと思わんよ」
「あいつらは、きっとあたらしい島を探しに行くんだ。
そこは、きっとだれからもけっして見つからないひみつの島なんだ！」
こういってスナフキンは、世界をさまよう小さなボートを、
あこがれに満ちた目で追いました。
『たのしいムーミン一家』

「こまかいことをいうなよ。
そのぐらいのちがいなら、ぼくたちの計算では、
あってるというんだ」
『ムーミン谷の彗星』

NUUSKAMUIKKUNEN ON VAELTAJA

旅人として

「いつ発つの？」
ムーミントロールが聞きました。
「今、すぐにさ！」
スナフキンはそういって、手にしていた葦の舟をぜんぶ川に投げこむと、
手すりから飛び下り、朝の空気をくんくんかぎました。
旅に出るには、もってこいの日でした。
山のいただきはお日さまの光で赤く染まり、
そこに向かってくねくねと上っている道が、すっと消えています。
あそこにはべつの谷間があり、その先には、また山がつづいているのです……。
『たのしいムーミン一家』

はっと急に、スナフキンは一家のことが恋しくて、たまらなくなりました。
あのひとたちだって、うるさいことはうるさいんです。おしゃべりだってしたがります。
どこへ行っても、出くわします。でもいっしょにいても、ひとりっきりになれるんです。
(いったいムーミンたちは、どんなふうにしてたんだっけ？)
スナフキンは考えて、びっくりしました。
(夏になるたびにいつも、ずっといっしょにすごしていて、
そのくせ、ぼくがひとりっきりになれたひみつがわからないなんて)
『ムーミン谷の十一月』

しめった土の上には、スナフキンの足あとが、はっきりと残っていました。
あっちへまがり、そっちへよろけていて、あとをたどっていくのが
なかなかやっかいでした。ときには、ぴょんぴょんはねでもしたらしく、
足あとがやたらと重なりあっていました。
（あいつ、うれしくてたまらないって感じだな。
きっとここで宙返りをやったんだ。もう、まちがいなし）
『たのしいムーミン一家』

外では嵐が、またもや吹き荒れていました。
うねる波の音に、ふしぎなざわめきがまじっていました。
からからと笑う声や走り回る足音が、大きな鐘のように、
海に響きわたっています。
スナフキンはじっと横になったまま、
世界中を旅して回ったことを思い出しながら、
夢うつつに耳をかたむけていました。
（そろそろ、ぼくはまた旅に出なくちゃ）と、思いました。
『たのしいムーミン一家』

「ぼくたち、春にもこんなふうにして、ここにすわったねえ。
長い冬の眠りからさめた、最初の日だったよね？
ほかのみんなは、まだ眠っててさ」
ムーミントロールのことばに、スナフキンがうなずきました。
葦の葉で舟をこしらえては、いくつも川に流しながら。
「どこへ流れていくんだろうね」
ムーミントロールが聞くと、スナフキンは答えました。
「ぼくのまだ行ったことのないところへ、さ」
『たのしいムーミン一家』

スナフキンはテントのくいを引っこぬきました。

まっ赤な炭火を消しました。

じゃまが入ったり、ひとにうるさく聞かれないうちにと、

リュックを肩にかつぐ間ももどかしく、夢中で走りだしました。

すると、急にほっとしました。まるで自分が、

葉のすみずみまでのびのびとくつろいで歩く木のように、

ゆったりした気持ちになったのです。

テントをひきはらったあとには、

そこだけ白っぽくなった草が長方形に残りました。

あとで友だちが目を覚ましたら、こういうでしょうね。

「あいつ、旅に行っちゃったよ。秋になったんだねえ」って。

『ムーミン谷の十一月』

はずれの家の玄関のドアが、すうっと細く開いて、
とてもしゃがれたどなり声がスナフキンを呼びとめました。
「おまえさん、どこへ行くのかね」
「さあね」
スナフキンは答えました。
ドアは、また閉まりました。
しんと、はてしなく、ずっと奥まで静まりかえっている森の中に、
スナフキンは足をふみ入れていったのです。
『ムーミン谷の十一月』

「きみは、ここにひとりだけで住んでるの？」
ムーミントロールがたずねました。
「ぼくは、あっちでくらしたり、こっちでくらしたりさ。
今日はちょうどどここにいただけで、明日はまたどこかへ行く。
テントでくらすって、いいものだぜ」
『ムーミン谷の彗星』

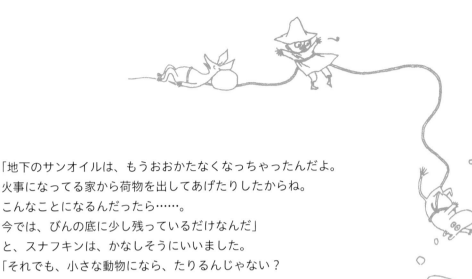

「地下のサンオイルは、もうおおかたなくなっちゃったんだよ。
火事になってる家から荷物を出してあげたりしたからね。
こんなことになるんだったら……。
今では、びんの底に少し残っているだけなんだ」
と、スナフキンは、かなしそうにいいました。
「それでも、小さな動物になら、たりるんじゃない？
まあ──ぼくくらいの大きさのなら」
スニフが聞きました。
スナフキンはスニフをじろじろ見ました。
「まあね。だけど、しっぽの分はないな。しっぽは燃やしちゃえよ」
『ムーミン谷の彗星』

スナフキンは、どんどん先へ進みました。
パイプに火をつけて、もうムーミン谷では、
みんな目を覚ましたころだろうな、と思いました。
（ムーミンパパは時計のねじをまいて、それから気圧計を合わせるために、
トントンたたいているだろう。ムーミンママは、
キッチン・ストーブに火を燃やしつけているだろうな。
ムーミントロールがベランダに出て、おや、テントがなくなっちゃった、
テントのところがからっぽだ、と気づくんだ）
『ムーミン谷の十一月』

ムーミントロールが、いすの上に立ち上がっていいました。
「さてぼくは、スナフキンのために乾杯したいと思います。
この夜を、ひとり南へ向かっているスナフキンは、
ここにいるぼくたちと同じように、きっとしあわせにしているでしょうが、
どうかテントを張るのにちょうどいいところが見つかって、
明るい気持ちでいられますように！」
ふたたびみんなは、めいめいのコップを高くかかげたのでした。
『たのしいムーミン一家』

「春のいちばん初めの日には、ぼくはまたここへもどってきて、
窓の下で口笛を吹くよ。一年なんか、あっという間さ」
「そうだね。いってらっしゃい」
「じゃあ、またな」
ムーミントロールはそのまま、橋の上に立っていました。
スナフキンのすがたがだんだん小さくなって、
白樺とりんごの木の間に消えるまで、ずっと見送りました。
まもなく、スナフキンのハーモニカが聞こえてきました。
『たのしいムーミン一家』

いつもの大きなまるい字で、「やあ」とはじまっています。
手紙そのものは、あんまり長くはありません。
『やあ。よく眠って、元気をなくさないこと。
あたたかい春になったら、その最初の日に、ぼくはまたやってくるよ。
ぼくが来ないうちは、ダム作りをはじめないでね。　スナフキン』
ムーミントロールは、いく度もいく度も手紙を読みかえしました。
『ムーミン谷の冬』

お日さまの光はムーミン谷にふりそそいでいます——大自然が、
今までみんなにあんなにいじわるだったのを、わびるかのように。
(今日はきっと、スナフキンもやってくるぞ。
帰ってくるには、もってこいの日だもの)
ムーミントロールはそう考えながら、ベランダに静かに立って、
家のひとたちを見ていました。
『ムーミン谷の冬』

引用元一覧

ムーミン全集 [新版] トーベ・ヤンソン／作　畑中麻紀／翻訳編集

① 　ムーミン谷の彗星　下村隆一／訳

② 　たのしいムーミン一家　山室 静／訳

③ 　ムーミンパパの思い出　小野寺百合子／訳

④ 　ムーミン谷の夏まつり　下村隆一／訳

⑤ 　ムーミン谷の冬　山室 静／訳

⑥ 　ムーミン谷の仲間たち　山室 静／訳

⑧ 　ムーミン谷の十一月　鈴木徹郎／訳

ムーミン谷の名言シリーズ① スナフキンのことば

2020 年 10 月 12 日　第 1 刷発行
2023 年 12 月 6 日　第 5 刷発行

著　者　トーベ・ヤンソン
訳　者　下村隆一、山室 静、小野寺百合子、鈴木徹郎
翻訳編集　畑中麻紀
装　丁　脇田明日香
発行者　森田浩章
発行所　株式会社講談社
　　　　〒 112-8001 東京都文京区音羽 2-12-21
　　　　電話　編集 03-5395-3535　販売 03-5395-3625　業務 03-5395-3615
印刷所　株式会社新藤慶昌堂
製本所　大村製本印刷株式会社

N.D.C.993 58p 20cm ©Moomin Characters™ 2020 Printed in Japan ISBN978-4-06-517864-5

美しい絵とさりげない一言が、
あなたの毎日を変えるかも──。
ムーミン谷の住人が教えてくれる、
ちょっとすてきな生き方。
お手元に置いて、お好きなところを
開いてみてください。

絵とことば　トーベ・ヤンソン

定価：本体各 1500 円（税別）

❶『スナフキンのことば』

❷『ちびのミイのことば』

❸『ムーミンママのことば』

❹『ムーミントロールのことば』